# LE PROGRÈS

DE

# L'INDUSTRIE SAVOISIENNE.

PARIS. — IMP. DE MOQUET ET COMP., 90, RUE DE LA HARPE.

# ESSAI
# D'HARMONIES LYRIQUES

SUR LE

## PROGRÈS DE L'NDUSTRIE SAVOISIENNE,

Poëme couronné
PAR LA SOCIÉTÉ ROYALE ACADÉMIQUE DE SAVOIE
DANS SA SÉANCE DU 17 JUILLET 1840.

Par ANTOINE JACQUEMOUD,
(DE MOUTIERS).

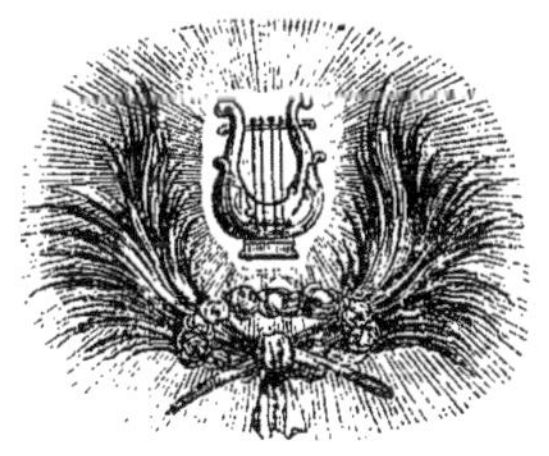



PARIS,
LELEUX, LIBRAIRE,
Rue Pierre-Sarrazin, 9.

SAVOIE,
P. A. COLLOMBET, LIBRAIRE-ÉDITEUR,
ET CHEZ LES PRINCIPAUX LIBRAIRES DES ÉTATS DE S. M.

1840

A MADAME

*L'éditeur reconnaissant.*

Il est bien flatteur pour moi, madame, de pouvoir vous faire hommage de ces vers, production d'un talent distingué qui, par bonté, veut bien m'associer à la gloire que lui procurera cette belle œuvre nationale, couronnée par les suffrages des hommes de lettres les plus distingués de notre Savoie, et dont la victoire a été disputée avec tant de valeur et avec des forces si redoutables.

Ce livre qui vous touche de si près par toutes les fibres les plus délicates, je viens le déposer sur votre cœur ; acceptez en l'hommage !

L'amitié me l'a octroyé, l'amitié vous le dédie.

Il est à vous !

Dans tous les temps et chez toutes les nations, les lettres doivent à la poésie leur naissance, leur progrès et leur perfectionnement.

« Les hommes, dit l'immortel auteur du *Génie du Chris-* « *tianisme*, les hommes chantent d'abord; ils écrivent ensuite. » C'est la première voix de tous les peuples.

Le siècle de Louis XIV, avec tout son entourage de splendeur et de célébrités, avait porté les lettres à leur apogée.

Le dix-huitième siècle, représenté par la figure de Voltaire, le coryphée du philosophisme, a creusé sous ses pas un abîme... La révolution est venue s'y engouffrer....

Les terribles commotions politiques qui ont ébranlé la vieille Europe et l'antique société jusque dans leurs fondements, nous arrachant au culte trois fois saint de nos pères, nous ont séparés du monde des traditions; et, après l'orage dévastateur, nous nous sommes trouvés jetés sur une plage déserte, sur une terre nue...

« Et quelle époque que celle-ci ! » puis-je dire avec V. Hugo (1), dont je vais emprunter quelques paroles qui serviront d'appui

---

(1) V. Hugo, *Littérature et philosophie mêlées*, t. I.

et de garantie à mes craintives assertions : « Le corollaire rigoureux « d'une révolution politique, c'est une révolution littéraire... « Au dix-neuvième siècle un changement s'est fait dans les idées « à la suite du changement qui s'est fait dans les choses. Les « esprits ont déserté cet aride sol voltairien sur lequel le soc de « l'art s'ébréchait depuis si long-temps pour de maigres moissons. « Au vent philosophique a succédé un souffle religieux ; au Démon « démolisseur, le Génie de la reconstruction. »

« Le terrain de l'art maintenant, continue le savant écrivain « que je viens de citer, n'est plus une arène, c'est un champ. On « ne se bat plus, on laboure... Les querelles de mots ont fait « place à l'examen des choses. Ces appellations de *classiques* « et de *romantiques* ont disparu de toute conversation sensée... « Cette bataille qui a si long-temps assourdi notre littérature est « finie aujourd'hui. A notre avis, la victoire est aux générations « nouvelles. On voit bien flotter encore çà et là sur la surface de « l'art quelques tronçons de vieilles poétiques démâtées, lesquelles « faisaient déjà eau de toute part, il y a quelques années. On « voit bien aussi quelques obstinés qui se cramponnent à cela : « *rari, nantes!* nous les plaignons ; mais nous avons les yeux « ailleurs (1).

Il y a donc entre la vieille et la nouvelle école tout un abîme à franchir.

Ceux-là ne savent donc pas que la société, et partant la littérature, expression de la société, ne rétrograde pas ; qu'autres temps, autres mœurs, autre langage ; ils ne savent donc pas qu'il est une main puissante et invisible qui pousse l'humanité sur le chemin de la vie de civilisation, et aussitôt qu'elle ralentit le pas,

---

(1) V. Hugo, lieux cités.

une voix surhumaine lui crie sans cesse : marche ! marche !

N'essayons donc plus de revenir vers un passé de glorieuse mémoire ; mais vers un passé qui n'est plus, et dont surtout nous sommes séparés par l'abîme des croyances anéanties, si nous ne voulons encourir le trop funeste danger de tomber dans le gouffre de l'athéisme, ou de parler un langage qui n'est plus en harmonie avec notre civilisation, avec notre nouveau mode d'être et de sentir enfin ; car nous ne serions plus compris.

Venons à nous. Durant longues années la Savoie est demeurée assoupie au milieu du bruit et du retentissement des productions littéraires de ses voisins. Les enfants de la Montagne, obscurs et inexperts, n'osaient emboucher la trompette ni toucher du doigt à la lyre des belles harmonies ; silencieux dans la profondeur des vallons de leurs hautes Alpes, qui les dérobent aux regards du reste du monde, ils se contentaient d'étudier et d'admirer. Mais la Savoie, provoquant ses enfants par l'émulation, les a amenés sur le champ de la gloire où viennent moissonner à l'envi tous les peuples de la terre.

Aiglons débiles et méticuleux, ils hésitaient à sortir de leur aire et à venir s'ébattre en rase campagne ; mais à la voix de la mère-patrie, ils ont essayé leurs juvéniles ailes ; et, encouragés par le succès, ils ont osé davantage.

Les lettres, en Savoie, ont pris, depuis quelques années, un élan remarquable ; cet élan se manifesta par la poésie ; l'impulsion est évidente et sensible ; elle est due, je le dirai tout haut, en grande partie, à la bienveillance de l'auguste Monarque qui nous gouverne si glorieusement, et à son amour pour les sciences et les arts (1).

---

(1) A ne parler que de notre nouvelle législation, ne pouvons nous pas nous flatter avec un orgueil bien légitime d'occuper aujourd'hui un rang plus

Elle est due à l'accueil plein de bienveillance de la part du public instruit, juste appréciateur du mérite, et qui a couronné de ses suffrages indulgents les premiers essais littéraires des Muses savoisiennes.

L'ouvrage que j'ai l'honneur d'offrir au public fera voir que la poésie en Savoie n'est plus au berceau, qu'elle a déjà fait un grand pas vers les progrès de l'art.

La facture du vers, la variété et l'abondance de la diction, la souplesse de la strophe, son allure fière et dégagée, et la simplicité même du plan de l'ouvrage, suffiront pour prouver que la poésie chez nous commence aussi à se mettre à l'unisson de celle de nos voisins, nos maîtres et nos modèles.

L'ÉDITEUR.

*Chez les Maures*, 20 *juillet* 1840.

---

distingué encore parmi les nations qui cheminent à grandes journées vers la civilisation? Que nous reste-t-il à envier à nos voisins? Nous jouissons en paix de tous leurs avantages, sans partager leurs inconvénients!

*(Note de l'éditeur).*

# REMARQUES DE L'AUTEUR.

L'auteur sait très bien, peu sujet comme il est à s'illusionner, qu'il est infiniment loin d'avoir rempli les conditions que lui imposait le titre sous lequel son travail s'annonce à la publicité. Cette dénomination, il l'a employée tout simplement pour désigner la forme dans laquelle il a écrit.

Il a passé, à plusieurs reprises, sa main sur son front; il aurait voulu faire, il a eu de la bonne volonté. C'est ce qu'il offre au lecteur.

Quant à lui, il n'hésitera pas à confesser tout d'abord sa complète nullité poétique.

Mais, de son côté, pour être juste, la critique conviendra aussi que le sujet proposé n'était guère de nature à mettre une aile à la pensée et moins encore un tressaillement au cœur.

L'inspiration, quelque rêveuse et élancée qu'elle soit d'ailleurs, dès qu'elle se condamne, obéissante esclave du programme, à suivre tout pédestrement l'inflexible ornière de fer, ne saurait jamais aller ni bien haut ni bien loin.

Le mot intime du cœur, la mystérieuse parole de la nature, le murmure confus et prestigieux des lointaines choses du passé, la grande voix des événements sociaux, voilà les éléments avec lesquels le poète bâtit son œuvre. Ce qui n'est pas la fidèle répétition d'un de ces accents, n'est pas poésie, ne sera jamais harmonie. La forme n'y fait rien. Ici ces quatre éléments ont manqué.

Le présent, avec son inévitable bagage d'intérêts matériels et sa civilisation au réalisme glacial, qu'a-t-il de commun, en vérité, avec le barde et les chants d'or ? Avec le poète et les limpides mélodies ? Quelques sons d'airain, aigres et discordants, c'est là tout ce qu'il fournit de musique au chanteur mal-avisé qui veut lui faire un hymne.

En cette pénurie de matériaux, à laquelle est venue malencontreusement s'adjoindre une grande indigence de verve, l'auteur a droit peut-être à ce que la critique, si elle daigne prendre garde à lui, ne traite pas avec trop d'inclémence sa strophe incolore, grelottante et anhéleuse.

Le seul mérite, ce semble, auquel pourrait, dans le maniement d'un pareil sujet, aspirer un talent réel, ce serait d'avoir lutté avec avantage contre l'inexorable prosaïsme du détail positif. L'auteur a-t-il, quelquefois au moins et en partie, atteint ce résultat ? A-t-il, par intervalles, échappé à la soporifique monotonie de la description ? Il ne sait. Le lecteur décidera.

Toutefois, il est ici un mérite qui ne paraît pas pouvoir lui être contesté, celui d'avoir tenté d'articuler d'une manière un peu formelle le nom de son pays. Si cette considération, à laquelle, pour le dire en passant, il tient grandement, vient à mettre quelque bienveillance dans les yeux qui s'arrêteront sur ces feuilles sans teinte et sans parfum, ce sera assez. Celui qui jette ces lignes au vent n'attend pas d'autre suffrage.

*Moutiers*, 20 *juillet* 1840.

# LE PROGRÈS.

# HARMONIE PREMIÈRE.

---

## Le Progrès.

« Sous un ciel ennemi des nouvelles semences,
« Où l'astre salué par les intelligences
« N'a pas de sa lumière encor versé les flots,
« Ombre inerte à la loi des vieux temps asservie,
« Elle dort sans bruit et sans vie
« Comme ce qui n'est pas éclos !

« Et si parfois, du fond de la nuit où sommeille
« Sa pauvre âme, un écho parvient à notre oreille,
« C'est lorsque l'avalanche, au fouet des aquilons,
« Hurle avec le torrent dans ses noirs précipices,
« C'est quand le grelot des génisses
« Tinte dans ses mornes vallons !

« Elle dort...» Et voilà, n'est-ce pas, l'anathème
Que vous avez lancé sur la terre que j'aime,
Étrangers!—comme si, quand vers un jour plus beau,
Le Progrès vient d'ouvrir à toute aile une voie,
Larve impuissante, ma Savoie
Devait ramper dans son tombeau !

Oh ! vous avez, censeurs, versé la calomnie
Sur notre noble mère, elle qu'avaient bénie,
Tour-à-tour, la Foi sainte et la Gloire et les Arts !
Elle qu'on vit, au champ du labeur domestique,
Briller, travailleuse athlétique,
Comme au champ des nobles hasards !

Parce que, sur la foi de vos blêmes étoiles,
Elle ne cingle pas, crédule, à toutes voiles,
Dans vos rêves flottants, mer houleuse sans bord;
Alors vous avez cru qu'au monde des idées
Ses voiles sans cesse attardées
Ne trouveraient jamais un port !

Parce que, pour saisir tout feu follet qui passe,
Elle n'épuie pas, à courir dans l'espace,
Le généreux élan de sa virilité;
Alors vous avez cru qu'à sa jeune puissance
Les langes étroits de l'enfance
Tenaient le pied emmaillotté !

Parce que, sage, autour des jeunes théories,
Embryons monstrueux de creuses rêveries,
Elle ne vient pas faire un orage insensé;
Songeurs, vous avez dit: « Pour toute chose forte
« Chez elle la pensée est morte
Et le nerf des bras est glacé ! »

2

Ainsi, vous la jugez sans la comprendre!—Injustes!. .
Riche de sève ardente et de forces robustes,
Elle a du cerveau grec le pouvoir surhumain
Pour les créations aux formes idéales,
Et pour les tâches colossales
La puissance du bras romain.

Certes! bien mieux que vous, de l'œil de la pensée
Elle mesure, au pas des siècles avancée,
Les haltes, les jalons et les sages lenteurs
Qui doivent, graduant cet instinct qui le pousse,
Conduire l'homme, sans secousse,
Vers des soleils consolateurs.

Aussi n'attendez pas, rêveurs, qu'une chimère,
Caressant ses regards d'un mirage éphémère,
L'entraîne hors du sol de la réalité.
Car ce n'est qu'en sortant du creuset des épreuves
Que le progrès aux formes neuves
Chez elle prend droit de cité.

Cette nation vierge aux proportions mâles,
Toute imprégnée encor de mœurs patriarcales,
Où votre orgueil n'a vu, lui myope et jaloux,
Que d'un peuple ébauché la silhouette obscure,
C'est une virile figure
Qui se lève à côté de vous.

Chaque jour, le travail, ce mystérieux moule
Qui change en nation l'informe et brute foule,
Donne plus de relief à son type agrandi.
Le Progrès, chaque jour, d'une touche affermie,
Vient à sa physionomie
Dessiner un trait plus hardi.

Aux jours tout frais d'honneur et de chevalerie,
Quant le cor l'appelait, amazone aguerrie,
A déployer ses bras sur les champs meurtriers,
Elle venait, la lance au poing, et le courage
Au cœur, composer son ouvrage
Avec du sang et des lauriers.

Aujourd'hui, préférant aux instruments de guerre
Le compas, le levier tout-puissant et l'équerre,
Pour l'avenir, ses mains, que le hâle brunit,
Au champ industriel sans relâche occupées,
    Construisent d'autres épopées
    Avec le fer et le granit.

Aujourd'hui qu'en tous lieux, ravis de ses oracles,
Les mains pleines de dons et d'éclatants miracles,
L'Industrie, éployant ses secrets enchantés,
S'en va, magicienne aux nouvelles féeries,
    Près de leurs fontaines taries,
    Visiter les vieilles cités;

Au coup de sa baguette, ouvrant toute barrière,
Notre Savoie, aux arts toujours hospitalière,
A dit, en l'accueillant dans ses murs fraternels :
Puisqu'elle rend au monde épuisé sa jeunesse,
    « A l'ingénieuse déesse,
    « Enfants, élevez des autels!

« C'est elle qui des flots d'une source nouvelle
« Emplira, sans tarir, vos amphores... — C'est elle
« Qui devra sous ses lois, enfants, vous décharger
« Du denier que longtemps, sans profit, notre terre
« Paya, docile tributaire,
« Au dur comptoir de l'étranger ! »

Sachant que vers un but à distance infinie
L'Éternel a de l'homme appelé le génie,
Des siècles écoulés l'itinéraire en main,
Aux points d'achoppement attentive, elle compte,
Sur la route où sans cesse il monte,
Les pas que fait le genre humain.

Dans ce conflit des arts, noble et sereine joute,
L'oreille à tous échos allongée, elle écoute
Ce bruit toujours croissant que, d'un bras souverain,
Dans le grand atelier de la savante Europe,
Notre siècle, brûlant Cyclope,
Fait sur la pierre et sur l'airain.

Artiste, elle s'enivre au concert organique
Fait de paix et de bruit, d'âme et de mécanique,
Que, sous la diction du génie et de l'art,
Dans l'orchestre aux cent voix où le fer grince et crie,
Les instruments de l'industrie
Exécutent de toute part.

Et, dans le *crescendo* de l'immense harmonie,
Où, flot toujours montant, chaque voix est fournie
Par la rumeur qui vient de chaque nation,
Elle aussi, pour grossir le vibrement qui gronde,
Ajoute, sonore et profonde,
Sa note à la partition.

Heureuse et calme, au sein des monts, elle étudie
Tout ce que, dans ces temps, en leur sphère agrandie,
Pour redorer nos jours, les arts ont inventé.
Et bientôt sa main sait, ponctuelle ouvrière,
Traduire en bois, en bronze, en pierre
Ce que son front a médité.

Elle ainsi, quand elle a, sous la lampe des veilles,
Mûrement par l'essai reconnu les merveilles
Que du siècle, au hasard, jette au jour le foyer,
Sur l'outil, pour produire à son tour, inclinée,
Elle fait sa rude journée
Dans la forge et sur le chantier.

Trempée à la sueur, bronzée à la poussière,
Dès l'aurore on l'entend, tenace journalière,
Jetant à pleines mains au brasier ses métaux,
D'un bras intelligent, dans l'usine qui fume,
Faire sur la sonore enclume
Carillonner ses lourds marteaux.

Déployant les ressorts de l'inerte matière.
Elle imprime son ordre à leur force grossière
Comme à l'esclave aveugle on impose des lois ;
Et les massifs géants et les puissances brutes,
Sous sa main qui règle leurs luttes,
Marchent, oublieux de leur poids.

Lasse du vieux fracas des guerrières mêlées,
Et de tout ce que font par tonnantes volées
Les bombes, les clairons et les rauques tambours ;
Lasse du grondement qu'en certains jours l'Emeute,
    Lâchant comme un obus sa meute,
    Sème en éclats par les faubourgs ;

Elle aime le seul cri que rend l'outil... — Elle aime,
Quand les métiers en chœur font un tonnerre extrême,
A sentir sous les coups tressaillir tout son sein ;
Car elle croit, pieuse en sa croyance austère,
    Qu'entre tous les bruits de la terre,
    Seul, le bruit du travail est saint.

A présent qu'à la halle, au chemin, dans la rue,
A l'appel du trafic la multitude accrue
Porte à l'œuvre des pas et des bras par milliers,
Elle jouit de voir ses fils, jeune famille,
    Comme un groupe ailé qui fourmille,
    Ruisseler par tous les sentiers.

Partout où le rocher se dresse, brusque athlète,
Là pionniers et mineurs pour écimer sa crête :
Partout où le torrent extravague, — partout
Où l'onde a séparé deux vallons qui sont frères,
Là, pour dompter les flots contraires,
Digueurs et pontonniers debout.

Dans la forge tonnante, une face animée,
Largement aux vapeurs du charbon enfumée :
Deux bras forts au rayon des fournaises roussis :
Dans la carrière, au jeu de la lourde massue,
Un sein poilu qui vibre et sue :
Ce sont là ses tableaux choisis !

Pour édifice elle aime, orgueilleuse en son rêve,
Tout ce qui vers le ciel d'un jet hardi s'élève.
Il faut qu'un beau danger hérisse l'œuvre. — Il faut
Qu'elle voie, en plein air, groupés aux ponts fragiles,
Cent travailleurs, aiglons agiles,
Dresser pour aire un échafaud !

Elle veut que, pareils à la mouche économe
Qui, pour bâtir la ruche aux cellules d'arome,
Donne son lot de cire et son tribut de miel,
Ses fils fournissent tout, chacun dans sa carrière,
L'un son ciment, l'autre sa pierre,
A l'édifice industriel.

Afin que le Travail, au chantier qui fermente,
Toujours sur pied, de verve et d'âme s'alimente ;
Pleine d'élan joyeux, de parole et de son,
Sa voix, au chant que fait la scie avec la lime,
Dès l'heure où l'horizon s'anime,
Mêle son chant à l'unisson.

Et puis, quand le Travail, robuste Briarée
Aux cent mains, à l'haleine immense et mesurée,
Créateur en second au verbe illimité,
A, sous l'épanchement d'une sueur féconde,
Enfanté pour le bien du monde
Une œuvre de prospérité,

Alors, son âme exulte et sa louange éclate...
Car jamais, pour le beau, l'indifférence ingrate
Sur sa lèvre n'a mis un sourire moqueur.
Car elle a pour l'artiste une palme et des fêtes,
    Et pour les choses qu'il a faites
    Un amour saint au fond du cœur.

Elle veut que toute œuvre, à son soleil éclose,
Soit pour l'œil de notre âme un phare grandiose,
Et pour les lourds besoins de notre humanité
Un puits où, comme au jet d'une abondante source,
    Ses fils, aux haltes de leur course,
    Puisent force et vitalité.

Il lui faut du puissant. Sa passion, vous dis-je,
N'est pas pour le hochet ni pour le faux prestige.
C'est en faisant planer sur un abîme noir
Quelque chose de haut comme les Pyramides,
    Qu'elle enseigne aux regards timides
    Combien son bras a de pouvoir.

Étrangers ! elle rit de ces choses d'argile
Que produisent vos nains à poitrine fragile.
Aussi, pour vivre encor devant cet avenir
Qui cherchera d'un œil rigoureux ses vestiges,
    Elle a placé là des prodiges
    Pour gardiens de son souvenir.

Elle a vu jusqu'ici, le cœur gros d'amertumes,
Ses fils de la montagne, à la saison des brumes,
Fuyant, pauvres oiseaux ! leurs soleils trop ingrats,
Chercher, la gourde au flanc, pèlerins d'industrie,
    Dans quelque étrangère patrie,
    La tâche qu'il faut à leurs bras.

Un jour, ils n'iront plus. Un jour, — car elle espère
Que le ciel bénira son noble effort de mère, —
Ces chers et doux enfants que l'hiver exilait,
Pressés, groupe joyeux, à sa pleine mamelle,
    Sans quitter l'aile maternelle,
    S'abreuveront tous de son lait.

Dans ses vastes greniers afflûront les substances,
Et son pain nourrira toutes les existences;
Elle aura, convoquant les bras et les esprits,
Du labeur au chantier pour toute main grossière,
Pour tout génie une carrière,
Et pour toute carrière un prix.

Pour que tous ses enfants, un jour, sans préférence,
Puissent, quand sera mûr le fruit de l'espérance,
Entasser les épis sur le char moissonneur;
D'avance, à larges mains, aux sillons qu'elle creuse,
Elle sait, mère généreuse,
Semer des germes de bonheur.

Et pour que de leurs pas, dans la carrière ardue,
La course, aux jours brumeux, ne soit pas suspendue,
Et que leurs yeux du but ne soient jamais distraits;
Sur le couronnement de ce qu'elle édifie,
D'un bras sûr, sa philosophie
Plante l'étendard du progrès.

Croître par le labeur, lente métamorphose
Qui dans ses jeux refond l'homme autant que la chose :
Élargir des vieux jours le cercle trop borné :
Au grand soleil des arts faire à chacun sa place :
  De la vie augmenter la masse :
  C'est le but qu'elle s'est donné.

Surtout, comme un fanal, n'a-t-elle pas,—pour faire
Sa marche sans écart dans la nouvelle sphère, —
Son guide souverain à l'œil plein de clarté,
Dont les pensers sont hauts comme son front suprême,
  Brillants comme son diadème,
  Et forts comme sa royauté ?

# LES ROUTES.

# HARMONIE DEUXIÈME.

---

## LES ROUTES.

❧

Toi qui viens, étranger, de ces pays charmants
Qui font à l'œil, de loin, comme des flots dormants,
Ondoyer leurs vertes lisières,
Où les grands chemins plats serpentent sinueux,
Pareils, dans leurs replis, aux boas monstrueux
Qui vont sillonnant les bruyères ;

Tu rêvais qu'à nos bords ton regard en prison
Pour enceinte n'aurait qu'une aune d'horizon,
Et pour ciel qu'un plafond de brume;
Que partout tu verrais, pour entraver tes pas,
Ici surgir un pic au front noir, et là-bas
Grossir un torrent blanc d'écume!

Nous avons, il est vrai, bien des gouffres béants,
Des flots dévastateurs et des granits géants
Qui dressent leur tête infertile.
Sévère est notre ciel. La nature, chez nous,
Semble, à l'abord, pareille au boxeur en courroux,
Poser en attitude hostile.

Oui, notre terre est rude et fière...—Mais, vois-tu,
Elle produit aussi des bras dont la vertu
Peut la soumettre à notre empire.
Devant ce qu'ils ont fait, tu pourras, étranger,
En visitant ces champs, par tes yeux corriger
Ton rêve qui nous fait sourire.

Tu verras, affrontant le plus scabreux hasard,
Après de longs combats, ici triompher l'art,
Ce beau rival de la nature.
Car l'Allobroge, Hercule aux calmes dévoûments,
A, pour se mesurer aux plus fiers éléments,
Une âme de haute stature.

Trempé dans l'air vital de son ciel âpre et pur,
Ferme comme ses monts, neuf comme leur azur,
Son grand cœur jamais ne s'altère.
Son regard de faucon au vol audacieux
Est fait pour mesurer l'obstacle sourcilleux,
Et son bras, pour le mettre à terre.

Déjà, de tous côtés, mèche au vent, nos mineurs,
Courbés sur le granit comme des moissonneurs
Abattant leur moisson de pierres,
Jettent bas en lambeaux ces pics, sauvages tours
Où seuls, pour festoyer leurs noces, les vautours
Venaient installer leurs volières.

L'effort humain, partout, s'acharne sur le roc.
Partout, à grands sillons, — comme au vallon le soc
Imprime sa féconde trace, —
Labourant le massif par les âges bruni,
Le salpêtre et le fer, comme un sol tout uni,
Rasent au cœur le roc vivace.

Et les deux pans rocheux, sur les bords du sentier,
S'écartant pour laisser le pas à l'homme altier
Qui marche entr'eux et qui les brave,
Sont mornes, là debout, comme pour faire voir
Que l'homme, quand il sait user de son pouvoir,
A le globe entier pour esclave.

Dans la lande chagrine et sur le tertre vert
Où le triste lézard avait, fils du désert,
Casé sa muette famille,
Là rampe le chemin, zone au circuit poudreux
Où se promène, fier de ses caissons nombreux,
Le fourgon qui craque et babille.

Comme, d'un front docile, au désert, l'éléphant
Doucement sous la main fléchit, pour que l'enfant
Monte sur sa géante masse,
Nos larges monts, ainsi, sous le bras du travail
S'abaissent, pour que l'homme, avec son attirail
Franchisse en maître leur surface.

On dirait qu'en ces jours,— spectacle merveilleux, —
L'Industrie a chez nous répandu sur tous lieux
Une grande âme qui bourdonne !
A son souffle, la terre et l'homme, tout frémit :
Partout un pied qui marche, un essieu qui gémit :
Partout une voix qui fredonne !

Ici, pour promener ses loisirs, le landeau
Du riche industriel vient, berçant son fardeau,
Tracer une paisible ornière ;
Plus loin, prompt comme un vol d'oiseau, le phaéton
Rase le sol et fait dans les yeux du piéton
Monter des vagues de poussière.

Là, brûlant les cailloux, c'est le char messager,
Qui va toujours, Mercure exact, d'un pas léger,
Sans que le retard le surprenne.
La courroie au long trait, le fouet et l'éperon
Font bondir, réveillés par le tonnant juron,
Ses grands chevaux aux pieds de renne.

Avec son faix puissant de sacs et de ballots,
Ses rudes limoniers aux sonores grelots,
Et ses rouliers aux voix criardes,
Tout poudreux, au soleil, par le chemin montant,
Là-bas, lourd escargot, chemine haletant
L'énorme convoi des guimbardes.

Le métal qu'ont germé nos rocs, l'or des moissons.
Le fruit gras des chalets, les soyeuses toisons :
Ce que le négoce débite :
Tous les sucs nourriciers, les liquides fumeux
Que laissent abonder de leurs flancs écumeux
Le pressoir et la cucurbite :

Ce que la terre fait, ce que nous travaillons,
Ce qui vient de l'outil ou des riches sillons,
Tout ce que notre onde nous jette :
Tout est accumulé sur l'essieu diligent
Qui va sur mille points, semeur intelligent,
Colporter ses dons qu'il émiette.

Suis-les dans leurs rameaux, voyageur, ces chemins
Sans cesse palpitants de mouvements humains,
Vivaces et grandes artères
Dont, toujours à longs flots, le jeune battement
Déverse, jour et nuit, la vie et l'aliment
Dans le sein de toutes nos terres.

Sur les rives de l'Arc, du Rhône et de l'Arly,
Sur nos lacs purs et bleus au mirage poli,
Comme aux vallons d'Aix et d'Ugine,
La vie industrielle, ardente à s'épancher,
Bridant le flot ici, là forçant le rocher,
Par vingt routes se dissémine.

Vois ces champs d'Albert-Ville, où, sombres conquéran
S'étendaient, sans qu'un frein bornât leurs pas errants,
Les flots de l'Isère en démence;
Où pré vert, blanche ferme et beaux guérets fleuris
S'étaient sous la ravine et sous le limon gris
Transformés en lagune immense!

Là, s'élèvent, gardiens du fleuve, des remparts
Que, certe! eût jalousés la Rome des Césars,
Dans sa vanité magnifique.
Là doit passer, avec sa poussière et ses bruits,
Avec ses chariots pleins de divers produits,
La multitude qui trafique.

Ruban aux mille plis, lien civilisateur,
Le chemin, enlaçant la plaine et la hauteur
Dans les tours fuyants qu'il dessine,
Unit, créant partout la sainte parenté,
Le canton au canton, la ville à la cité,
Et la poitrine à la poitrine.

Pour qu'au champ du travail, l'heure, dans sa lenteur,
S'efface ; pour ôter au faix sa pesanteur,
Et son long mètre à la distance ;
Pour que notre commerce, ami de l'étranger,
Aille, étendant son vol, au dehors échanger
Tous les trésors de l'existence ;

Le mouvement, lancé sur un plus grand rayon,
Vient de tracer chez nous le rail, nouveau sillon
Dont l'Anglais marqua la structure.
Et le wagon, déjà, sur la ligne de fer,
S'échappe, en son roulis frôlant à peine l'air
De l'ondoîment d'un sourd murmure.

Regardant, à ses pieds, hors de l'étroit bassin,
Au loin s'éparpiller, laborieux essaim,
Ce peuple qui se multiplie,
Accroupi dans sa neige et près de s'éveiller,
Le vieux mont Saint-Bernard attend, sombre geôlier.
Assis au seuil de l'Italie...

A son tour, il attend qu'une royale main
Sur sa croupe rugueuse imprime le chemin
Qui, rayant l'antique frontière,
Doit, haut envahisseur du trône des frimas,
Guider, prompts et joyeux, nos pas vers les climats
Où des arts brille la lumière.

Car il a bien assez écouté l'aquilon,
Et senti, vers le soir, sous le vol de l'aiglon,
Frissonner ses mousses jaunies.
Bien assez ! — Maintenant, pour charmer son désert,
Pour dérider son front de tristesse couvert,
Il lui faut d'autres harmonies.

Il veut savoir comment, monstre aux confuses voix,
Aux mille pieds, la foule, avec ses grands convois,
Se meut, en tous sens débordée;
Comment parle la roue à l'ornière; et comment
Un peuple avec un peuple échange à tout moment
Son mot, sa chose et son idée.

Peut-être, ô voyageur! que, de ce peuple actif
Voyant s'épanouir le génie instinctif,
Tu l'admires d'un œil d'envie.
Non, sur tes bords fameux, non, tu n'entendras point,
Unie à tant de paix, comme ici, sur tout point
Bruïre et circuler la vie!..

# LE PONT CHARLES-ALBERT.

# HARMONIE TROISIÈME.

---

## LE PONT CHARLES-ALBERT.

A présent, si tu veux, nous allons, mon touriste,
Pour donner l'aliment à ton désir d'artiste,
Voir un spectacle unique, enchanté...--Nous voici
Aux champs où rêve, aimé par de charmantes rives,
Le lac aux douces voix plaintives
Qui mêle un frais soupir aux rumeurs d'Anneci.

Aujourd'hui négligeant la nature choisie,
Le lac et les villas, coquette poésie,
Tournons au nord.—Ici, laisse, quelques instants,
Ta fantaisie aller par ce ravin sauvage
Qui poursuit au loin son ravage,
Affreux sillon creusé par les flots et le temps !

Les peuples, bien des fois devant cette tranchée,
La tête avec terreur sur le vide penchée,
Et l'oreille tendue au râle du torrent,
Ont dit : « Oh ! qui jamais, de l'une à l'autre cime,
« Sauf l'épervier au vol sublime,
« Pourra d'un bond franchir l'abîme dévorant ! »

Mais, pour mieux voir combien aux plis de sa tunique
La nature a caché d'étrangeté scénique,
Du flot pour saisir mieux les caverneux fredons,
D'un pied léger, suivant le sentier qui serpente
Sur cette rocailleuse pente,
Au fond du creux béant, voyageur, descendons !

Ici, maître, enfermés dans la gorge profonde,
Étudions les rocs et l'écume de l'onde !
Sur ce banc de granit que bat le flot rongeur,
Oh ! tu peux t'enivrer de poésie austère,
De bruit et d'horreur solitaire !..
Tu peux... mais lève donc la tête, voyageur !

Là-haut, maître, là-haut!.. Que vois-tu?..—Sous les nues
Suspendu, ce lambris aux formes inconnues
Semble écraser ton front de toute sa hauteur.
Ta paupière, élancée au zénit, s'extasie :
De stupeur ton âme saisie
Croit être sous le coup d'un pouvoir enchanteur !

D'ici-bas, tour-à-tour, – tant l'œil doute et chancelle! –
On dirait, sur les vents bercée, une nacelle
A la coque de gaze, aux contours vaporeux,
Qui, lasse aux mers d'azur de faire son sillage,
Un soir, ici, comme au mouillage,
Est venue amarrer son bord aventureux !

On dirait, transporté dans la féerie antique,
Un de ces ponts volants, arc-en-ciel fantastique,
Que jadis, pour punir les sultans, vieux geôliers,
Sur les tours du sérail la bonne fée arabe,
Disant sa magique syllabe,
Déroulait sous les pas des courtois chevaliers !

Remontant par le songe à la fable indienne,
Vaguement on dirait l'estrade aérienne
Où, fils des pâles nuits, les esprits du désert,
Rassemblant des bas lieux leur troupe vagabonde,
S'en viennent, infernale ronde,
Sous la lune, en plein ciel, célébrer leur concert.

Puis, ne croirait-on pas, dis-moi, voir une toile
Dont le gouffre hideux sous l'œil du jour se voile ?
Mais c'est bien, voyageur, une toile, vraiment,
Dont l'industrie a su, merveilleuse araignée
A son grand œuvre résignée,
Fil à fil, sur l'abîme ourdir le tissement !

Sur ce flottant réseau, dont les fibres groupées
Enlacent des deux rocs les têtes escarpées,
Les peuples marcheront d'un pied ferme et vainqueur.
Et de ces fils jamais, quand la nef sous l'orage
Oscillera dans son cordage,
Le tremblement n'ira retentir dans leur cœur.

Le gouffre vainement, épandant ses mâchoires,
Aspire, famélique, en ses entrailles noires
Tout ce qui vient s'offrir à ses bords entr'ouverts ;
Bien vainemeut, du fond de sa gorge, il aboie,
Réclamant pour son lot de proie
Ce pont ambitieux qui vogue dans les airs.

Le pont s'en rit, jouant sur le gouffre qui bâille,
Comme du flot avide, en haute mer, se raillle,
Sur sa quille bereé, l'immobile vaisseau.
Car la Gloire l'a dit : « Le nom dont il s'appelle
« Est de ceux qui font immortelle
« Toute œuvre d'ici-bas empreinte de leur sceau. »

Sur leurs fronts, sans mollir, géantes télamones,
Là, chacune à son angle assise, ces colonnes
Porteront à la fois leurs turbans de créneaux,
Le fardeau de la nef sur les vents balancée,
        Le poids de la foule pressée
Et les nids familiers des joyeux passereaux.

En cette ère, où la paix, mère des industries,
Rapproche par les nœuds du trafic les patries
Ce pont, chaînon magique, est l'anneau fraternel
Que les arts ont jeté sur l'espace et l'abîme,
        Pour tenir en commerce intime
La terre de Virgile et le pays de Tell.

Dans un vivant contact par ce nœud affermies,
Au cœur de nos vieux monts, ces nations amies
Viendront, pleines d'espoir, rajeunir leurs destins ;
Et, — spectacle inoui ! — sur cette voie étrange,
        Se féconderont par l'échange
Les arts, l'or et les cœurs de deux peuples lointains.

Désormais, les enfants de la Smyrne helvétique
Trafiqueront ici sous le nouveau portique.
Le seuil leur est ouvert. Qu'ils entrent! — Ils sauront
Si, lorsqu'elle reçoit ses voisins, libre et fière,
    Notre Savoie, à sa barrière,
N'a pas un péristyle assez haut pour leur front!

En quittant les chalets, pèlerin de l'Europe,
L'Anglais, pour arriver aux bords de Parthénope,
Choisira le chemin. Il voudra voir... — Ses yeux,
Vampires affamés de beautés solennelles,
    Errant des câbles aux tourelles,
Savoureront longtemps l'effet prodigieux.

Chercheur de beaux effrois, des rives de la Seine
Le curieux viendra. Pour jouir d'une scène,
Notre amateur, du haut du flottant promenoir,
Laissera, s'accoudant comme à sa galerie,
    Sur l'aile de la rêverie
Tournoyer ses esprits dans ce large entonnoir.

L'artiste au penser grave, enfant de Germanie,
Le pied encor poudreux des laves d'Ausonie,
Ici viendra s'abattre, aussi lui. — Son regard,
Naïf adorateur des œuvres colossales,
Sous ces arcades triomphales,
En passant, bénira la conquête de l'art.

O mon pont ! tu verras sur l'abîme où tu poses
S'écouler bien des bruits, des âmes et des choses !
Tandis que tout cela sur toi viendra s'user,
O poëme de fer, ô strophe hyperbolique
Traduite en forme métallique,
Tu chanteras le nom qui doit t'éterniser !!!

# L'ÉCLAIRAGE AU GAZ.

## HARMONIE QUATRIÈME.

---

# L'éclairage au Gaz.

※

## I.

Un jour encore, ami, sur ma terre natale
Des vieux Savoisiens la jeune capitale
        A droit d'arrêter ton regard.
Pour passer une nuit dans ma ville mignonne,
Maître, jusqu'à demain,—crois-en ton cicérone,—
        Tu différeras ton départ.

Marchons vers ce bassin, où, sous un ciel tranquille,
Sultane de nos monts, se repose la ville.
    Déjà, de son obscurité,
Le soir teint le profil des objets et des hommes.
Hâtons-nous, la nuit vient. —Là-bas, les toits !—Nous sommes
    Aux barrières de la cité.

Entends-tu clapoter le noir faubourg ?—C'est l'heure
Où, quittant le sillon, la foule extérieure,
    Bruyante, au seuil revient s'asseoir ;
Où, les bras abattus, et la tête affaissée,
Les hommes du trafic et ceux de la pensée
    Sortent pour aspirer le soir.

## II.

Avant que la ville s'endorme,
Calme et contente, dans sa nuit,
A cette heure, changeant de forme,
Son front se ranime et reluit.
A voir sa face bigarrée,
De vie et de rayons parée,
Nous pourrons de notre soirée
Consacrer les joyeux moments.
Entrons. Mais tu souris...—Peut-être
Qu'en l'enceinte où ton pied pénètre
Tu penses ne trouver, mon maître,
Qu'un tas obscur de toits dormants?

Nous aurons pour nos pas nomades
Des couloirs assez spacieux,
Et, sur les fraîches promenades,
Assez de flambeaux pour nos yeux.
Viens, nous flânerons sans encombre ;
Ne crains pas de heurter dans l'ombre
L'angle meurtrier, piége sombre
Que tend le traîtreux carrefour.
Mais tes paupières éblouies
Soudain s'épandent, réjouies
Comme des fleurs épanouies
Sous l'inondant regard du jour !..

Comme reluisent sur l'Europe,
Reines aux riches diamants,
Ces cités où l'art développe
Le secret de ses talismans ;
Comme le noir Londres s'allume,
Comme, pour éclairer sa brume,
Paris fait jaillir du bitume
L'éther qui flambe et resplendit ;
Ma ville, à son tour, qui se dore
Des feux du nouveau météore,
Chaque soir, comme d'une aurore
Revêt sa beauté qui grandit.

Issu de la matière impure
Sublimée au rouge brasier,
Sous le vase qui le pressure
L'air subtil est là prisonnier.
Soudain, par cent chemins de fonte,
L'esprit gazeux, d'une aile prompte,
S'envole, s'éparpille et monte,
Impatient de luire à l'air.
Puis son aile en touffe élargie,
Au feu de l'ardente bougie,
Comme une étoile de magie,
Se fixe en immobile éclair.

Vois comme chez nous l'art moderne
Efface par des rayons purs
La lampe huileuse au regard terne
Qui clignotait le long des murs!
Comme le nouveau phénomène
Créé par la puissance humaine
Sur le front de la nuit promène
Le ruissellement de ses jets!
Comme, en un clin-d'œil, le fluide,
De sa flamme blanche et limpide,
Met un beau sourire splendide
Sur la figure des objets!

Surtout, comme elle fait parade,
La prétentieuse qu'elle est,
De cette neuve et blanche arcade,
Son magnifique bracelet !
Au bord de la publique voie,
Comme un écrin elle déploie,
Plein de cristal, d'or et de soie,
Ce portique, halle des arts,
Où, s'animant de cette foule
Qui passe, murmurante houle,
Émaillé de feux se déroule
Un panorama de bazars.

Là, sous le lumineux portique,
Opulente, elle réunit
Les joyaux que l'art exotique
Dans les échanges lui fournit.
Puis auprès,—comme en sa corbeille
La jeune bergère appareille
Ses fleurs, printanière merveille,
Qu'ont fait éclore de longs soins;—
Jalouse marchande, elle étale,
Dans une pompe orientale,
Tout ce que la terre natale
Produit d'exquis pour nos besoins.

Ce vivant esprit, qui flamboie
Sur notre ville en mille éclats,
Verse à tous les cœurs plus de joie,
Et plus de sève à tous les bras.
C'est lui, quand le regard solaire
S'éteint, qui de sa vie éclaire
Le comptoir du khan populaire,
Sentinelle ardente à veiller.
Soleil nocturne de l'usine,
D'un jour actif il illumine
Le front qui pense et la machine
Qui travaille dans l'atelier.

Pareille en sa fine toilette
A la gentille du boudoir,
Qui,—vrai caprice de coquette,—
Ne se fait belle que le soir,
Au doux éclat de l'incendie
Qui sur tous ses traits s'irradie,
Ma ville par l'ombre enlaidie,
A cette heure, jolie à voir,
Épanche sa foule mouvante,
Grande mosaïque vivante,
Qui rit, papillonne et s'évente
Le long du radieux trottoir.

Cet homme de bronze qu'admire
Ton œil rêveur et stupéfait,
C'est l'image sainte où respire
L'homme qui sema le bienfait.
D'une âme de flamme il rayonne ;
Et les feux dont il s'environne
Semblent se tresser en couronne
Sur cette majesté d'airain.
Mais, clarté plus pure et plus belle,
Déjà sur son front étincelle
De l'avenir l'aube immortelle
Au rayonnement souverain.

Mais tourne, un moment, ta paupière
Vers ces kiosks aux brillants reflets,
Où le moka, plein de lumière,
Abonde pour tous les palais.
Pour charmer notre lassitude,
Et faire, en passant, une étude
Sur l'élégante multitude,
Entrons au bazar restaurant.
Là, nous prendrons quelque ambroisie,
Chacun suivant sa fantaisie ;
Moi, mon généreux thé d'Asie,
Et toi, ton sorbet tempérant.

LE

# BATEAU A VAPEUR.

# HARMONIE CINQUIÈME.

---

## LE BATEAU A VAPEUR.

Donc, satisfait d'avoir, en ta course légère,
Oiseau d'un ciel lointain à l'aile passagère,
Connu les choses et les lieux,

Comprenant désormais ce peuple à qui l'envie
Niait, —tort ridicule!—et son nom et sa vie,
Tu vas nous faire tes adieux.

Ami, ton pas lent et paisible,
Pour venir chez nous, a foulé
Le chemin, rayure flexible
Qui court sur le sol nivelé;
Mais, pour te reporter plus vite
Vers la plage aimée où gravite
Ton cœur qui veut rentrer au port,
L'esquif de nouvelle structure
Qui va sans rames ni mâture,
Non loin d'ici, t'offre son bord.

Du lac pieux qui dort près des royautés mortes
Jusqu'au grand fleuve bleu qui, là-bas, à nos portes,
Passe, mugissant pèlerin,
Le navire fumant, battant l'onde en cadence,
Glisse agile, et de là vers les rives de France
Bondit comme un coursier marin.

Fatigué, le soir, il s'arrête
Au pied du bruïssant rempart
Où, chorus étrange de fête,
Chantent les métiers de Jacquard.
Sur cette plage qu'il visite,
Immense officine où s'agite
Un grand génie industriel,
De ses flancs chargés il déverse
Les richesses que le commerce
Vient de glaner sous notre ciel.

Ponctuel, il échange à bord l'homme et la chose.
Son pont est un bazar. Pour tout ce qu'il dépose
Avide, il reprend à son tour
Les chefs-d'œuvre soyeux, merveille éblouissante
Que de notre industrie, encore adolescente,
L'œuvre doit égaler un jour.

Contre le flot jaloux que dompte
Son aile au battement pressé,
Nageur intrépide, il remonte,
Par un vent de flamme poussé.
Du fleuve à la marche puissante
Qui, sur sa rapide descente,
Emporte tout avec ses flots,
En vain la houleuse colère
Vient contre la proue angulaire
Blanchir, pleine de sourds sanglots.

Pour tenir le chemin que l'onde lui dispute,
De sa force expansive, à son gré, dans la lutte,
Il redouble et tend les ressorts;
Puis secouant à l'air sa fumante crinière,
Il vogue; et de nos champs, fidèle à sa croisière,
Bientôt il regagne les bords.

C'est qu'en son sein gronde et bouillonne
Un poumon au jeu vigoureux,
Dont le souffle, ardente colonne,
Se déploie à flots vaporeux
Sous ce brûlant effort, la roue,
Comme une nageoire qui joue,
Creuse son sillon écumant.
Moins régulière et diligente,
Sur le sol, en courant, la jante
Décrit son poudreux tournoîment.

Étranger ! lorsqu'enfin sur les haines éteintes
L'Industrie a fondé, renversant les enceintes,
Son temple, seconde Babel,
Où, pour un vœu commun tous concertés, les hommes
Ont sous la loi des arts, mêlant leurs idiomes,
Fait un seul peuple universel ;

Notre Savoie, en sa vallée,
S'est-elle, des jours précurseurs
Reniant l'éclat, isolée
Des autres nations, ses sœurs ?
A ces glorieuses aînées
Qui dans le champ des destinées
Ont frayé d'abord le chemin,
N'a-t-elle pas, sans défiance,
Pour cette nouvelle alliance,
Généreuse, donné la main ?

Libre du préjugé qui fait,—honte profonde !—
Que les deux bords que baise, en riant, la même onde,
Se repoussent, tristes rivaux,
En tous sens, pour aller à ses sœurs, elle trace
Sur toutes sommités des chemins pleins d'audace,
Et des sillons sur toutes eaux.

Aux hommes de tous les langages,
Aux œuvres de tous les métiers,
Aux produits de toutes les plages,
Joyeuse, elle ouvre ses foyers.
Ce qu'elle fait dans ses usines
Déjà des nations voisines
Aborde les comptoirs divers.
Au bruit naissant de ses fabriques
Déjà l'écho des Amériques
Vient d'applaudir du fond des mers.

Ami, mais en laissant aller la causerie
Si loin, nous manquerons notre heure, je parie.
Viens, ne perdons pas un instant!
Le wagon sur son rail est tout prêt.—En voyage !
La course va d'un trait nous porter au rivage
Où le paquebot nous attend.

Le lac bleuit !.. Vois, sur la rive,
Savoisiens, puis étrangers,
En hâte à la fois tout arrive.
L'esquif s'emplit de passagers.
Prêt à fendre l'humide glace,
En ses flancs d'airain il amasse
Sa grondante haleine de feu.
Le ciel rit et l'onde étincelle :
Ta journée, ami, sera belle :
Va donc !—bon étranger, adieu !

# TABLE.

LE

# THÉATRE DES GRECS,

*à l'usage des Colléges et des Gens du monde,*

**CHOIX**

des plus beaux morceaux extraits de chacune des pièces des poëtes grecs, et précédés d'un examen de leurs vies et de leurs ouvrages.

**PAR ÉTIENNE GALLOIS.**

1 *vol. in*-12 ; *prix : 2 fr.* 50.

---

PENSÉES DIVERSES

OU

# RECUEIL EN PROSE

**DES PLUS BEAUX MORCEAUX DE LA LANGUE FRANÇAISE,**

1 vol. in-18, broché : 1 fr.

Ce recueil offre à la jeunesse des exercices de mémoire, de lecture soignée, et en même temps des leçons de vertu, d'humanité, de religion et d'amour du bien public.

*Ouvrages imprimés à un très petit nombre d'exemplaires.*

**NOTICES** et extraits de quelques ouvrages écrits en patois du Midi de la France, 1 vol. in-12. 4 fr.

**RECUEIL D'OPUSCULES** et fragments en vers patois, extraits d'ouvrages devenus fort rares. 1 vol. in-16 br. 3 fr. 50

**NOTICE** sur le roman en vers des Sept sages de Rome, broch. in-8. 1 fr. 25

**NOTICE** sur Gilion de Trasignyes, roman français du 15e siècle, suivie de quelques autres fragments, br. in-8. 1 fr. 25

**LA VRAIE PHRÉNOLOGIE**, ou l'unité d'un principe intellectuel et moral dans l'homme, par Gence, brochure in-8. 1 fr. 25

**ESPRIT** de l'Institut des filles de St-Louis, par Mme de Maintenon, broch. in-12. 50 c.

www.ingramcontent.com/pod-product-compliance
Ingram Content Group UK Ltd.
Pitfield, Milton Keynes, MK11 3LW, UK
UKHW022102170726
13837UKWH00003B/1045

9 782019 986797